Disparition
à l'école de Genette

Les enquêtes de Mme Adel

Christelle BASSON

Disparition
à l'école de Genette

Les enquêtes de Mme Adel

© Christelle BASSON, 2025

Relecture : Moune

Édition : BoD · Books on Demand, 31 avenue Saint-Rémy,
57600 Forbach, bod@bod.fr
Impression : Libri Plureos GmbH, Friedensallee 273, 22763
Hamburg (Allemagne)

ISBN : 978-2-3225-5982-4
Dépôt légal : Février 2025

PROLOGUE

Lors de la fermeture de l'école de Genette, une école rurale isolée nichée entre des montagnes et des champs, l'ambiance était empreinte de nostalgie. Depuis vingt ans, les classes fermaient les unes après les autres, faute d'élèves dans ce village vieillissant. Seule subsistait la classe unique, où Madame Adel enseignait, unissant des élèves de différents âges et niveaux, de la maternelle au CM2, dans une salle qui résonnait encore de leurs rires et de leurs chuchotements.

Mais ce jour-là, elle devait dire adieu aux derniers enfants, à ces murs remplis de souvenirs, et aux bureaux qui, fatigués, avaient accueilli plusieurs générations d'élèves. Alors qu'elle vidait les lieux pour la dernière fois, Madame Adel trouva, au fond d'un tiroir poussiéreux et oublié d'un ancien bureau d'enseignant remisé, un petit carnet en cuir vieilli dont l'odeur se mêlait à celle des vieux meubles et des planchers cirés.

Pour Christine R. et tous les enseignants

I-   Le carnet

Dans les plaines et les collines désertées par le bruit des enfants, le silence s'installe peu à peu, annonçant la fin d'une ère. Les écoles rurales ferment, les classes se vident, et ce sont des villages entiers qui s'éteignent, petit à petit, comme des bougies soufflées par une brise trop froide. Les familles quittent la campagne, emportant avec elles leurs rêves et leur avenir vers des horizons plus prometteurs, là où les services de base n'ont pas encore disparu.

Il faut dire que pour ces parents restés en arrière, la route vers l'école s'est transformée en chemin semé d'obstacles. Autrefois gratuit, le transport scolaire est devenu une charge de plus, parfois inabordable pour ces foyers déjà pressurés. Les mairies, quant à elles, étouffent sous le poids de budgets en constante diminution, fragilisées par des réformes successives qui assèchent leurs ressources sans leur donner les moyens de résister. À chaque mandat, les dépenses augmentent, les coûts se multiplient, et c'est toujours la ruralité qui paie le prix le plus fort.

Et puis, il y a les enseignants, rares, précieux, et pourtant si difficilement retenus. Les postes peinent à se pourvoir : comment attirer ceux qui voudraient enseigner, quand les salaires s'amenuisent et que la vocation elle-même devient une épreuve ? Les agressions se multiplient, venant parfois des élèves, parfois de parents excédés, indifférents aux devoirs de respect et de coopération. Devenus trop souvent les punching-balls d'une société qui se débat avec ses propres fractures, les enseignants abandonnent.

L'école, dans ce contexte, n'est plus qu'un service à la carte, un produit à consommer. On dépose les enfants à 9 heures, on veut les récupérer quand cela arrange, et peu importe si le lien qui reliait jadis parents et enseignants s'est effrité. L'éducation devient un fardeau à partager sans affect, un simple échange de services sans ancrage affectif.

Pour les campagnes, l'école représentait un dernier rempart, un lieu de vie, une promesse de lendemain. Mais ce dernier rempart s'érode à son tour. La pharmacie du coin a fermé, le cabinet du médecin aussi. Plus de soins de proximité, plus d'espoir de voir revenir ce que l'on croyait acquis. Et aujourd'hui, l'école de Genette va fermer.

Madame Adel ouvrit délicatement le petit carnet, curieuse de ce qu'elle allait y découvrir. À la première page, une date : 7 septembre 1993. Les mots griffonnés semblaient raconter les premiers pas d'une jeune enseignante, tout juste lancée dans le grand bain de l'enseignement. Chaque page portait le poids de ses émotions, de ses découvertes, et de ses questionnements : un véritable journal intime, tissé de joies et de doutes.

7 septembre 1993

Premier jour dans ma classe. Les élèves sont pleins d'énergie, et je me sens partagée entre l'excitation et l'appréhension. Les noms s'envolent de ma mémoire au fil des heures. Aujourd'hui, j'ai réalisé que le rôle d'enseignante est bien plus complexe que tout ce que j'avais imaginé pendant mes études.

20 septembre 1993

Aujourd'hui, une élève m'a offert une fleur qu'elle avait cueillie sur le chemin de l'école. C'était un geste si simple, mais il m'a profondément touchée. Peut-être que je commence à comprendre ce lien spécial qui peut se créer avec les élèves.

24 novembre 1993

Les premiers mois sont passés si vite. Parfois, j'ai l'impression d'être débordée par les préparations et les corrections. Mais quand je vois des enfants sourire en comprenant quelque chose pour la première fois, ça me redonne courage. Leur joie devient la mienne. Certains de mes élèves de CP commencent à savoir lire et c'est grâce à moi !

[…]

4 avril 1996

Cela fait bien longtemps que je n'ai pas écrit dans ce carnet…

Je vis une période difficile. Certains élèves ont des difficultés et je me sens impuissante, incapable de leur donner tout ce dont ils auraient besoin. Je rêve de trouver les mots, les gestes qui les aideront. Parfois, les livres ne suffisent pas, les études ne suffisent pas, la bonne volonté ne suffit pas…

Au fil des années, le journal de cette enseignante révèle les hauts et les bas de sa carrière. Les premières réussites de ses élèves, ses échecs, les moments de doutes, mais aussi les petits bonheurs quotidiens. Elle note les noms des élèves qui ont marqué son cœur, les parents avec qui elle a construit de belles relations et les collègues qui l'ont soutenue. Madame Adel égrène les pages où elle peut lire tous les instants de bonheur professionnel de l'enseignante. Mais la lecture des pages suivantes la marque davantage comme un rappel de son quotidien d'enseignante.

12 juin 2008

Aujourd'hui, une ancienne élève est venue me voir pour me dire qu'elle venait d'obtenir son diplôme. Elle m'a remerciée, et j'ai réalisé que, peut-être, mes efforts portaient vraiment leurs fruits.

[…]

14 novembre 2008

Depuis la rentrée de septembre, Noémie et Mathis sont ingérables. Je ne suis parvenue à recevoir qu'une seule des deux familles. Celle de Noémie me signale qu'elle ne viendra pas car elle travaille… comment fait-elle alors lorsqu'elle doit se rendre dans un service public : utilise-t-elle la même excuse ? Je ne crois pas, surtout si elle y trouve son intérêt. La réussite de leur enfant n'a donc aucune importance !?

Quant à la famille de Mathis, elle déclare aussi son impuissance à gérer son enfant : Mathis est un électron libre. Avec la psychologue scolaire, nous avons bien tenté de lui fournir quelques pistes d'aides. Mais, pour ces parents, il faut simplement que jeunesse se passe, il y a toujours eu des élèves perturbateurs : c'est à l'école de se débrouiller car c'est son « boulot » … Aucun ne comprend que son enfant met sa scolarité en danger donc potentiellement son avenir et que leur comportement nuit à tous les autres élèves. Je n'en peux plus.

Madame Adel constate que quasi tous les jours, l'enseignante a écrit les difficultés rencontrées avec ces deux élèves et l'aide apportée par certains de ses collègues.

11 mars 2009

Je n'ai pas repris le chemin de l'école depuis les vacances de Noël. Je reprends demain. J'ai la boule au ventre mais j'ai envie de retrouver mes élèves. Je n'ai pas pris les médicaments prescrits par mon médecin : je ne vais pas me droguer pour des familles ne parvenant pas à gérer leurs enfants ni parce que le système n'a pas trouvé de réponse à apporter.

Ce dimanche, lorsque j'ai cherché à mieux dissimuler mon carnet, notamment des yeux de mon mari et de mes enfants (je veux absolument séparer ma vie familiale de ma vie professionnelle), j'ai trouvé dans un tiroir de mon bureau, un cahier d'écolier bien caché. Ses pages étaient couvertes de notes, d'encre fanée et de petites esquisses. J'ai reconnu l'écriture d'un enfant, fine et penchée. Mais ce qui a attiré particulièrement mon attention fut le titre inscrit sur la première page « Cahier des mystères de l'école de Genette ». Très intriguée, j'ai tourné la page suivante et j'ai vu que ce cahier débutait par une sorte de légende. Ayant à préparer mon retour en classe et entendant mon fils s'énerver, je n'ai pas poursuivi la lecture mais je suis avide de la reprendre. Quels mystères sont à découvrir ?

12 mars 2009

Pas moins de sept enseignants ont assuré mon remplacement. Le directeur m'a dit qu'ils craquaient tous...

Pourtant, cette première journée de reprise s'est plutôt bien déroulée mais je n'ai pas le temps de reprendre la lecture du cahier d'écolier.

17 mai 2009

Il y a des années où les vacances tardent à arriver même si les dernières sont récentes. La fatigue nerveuse est difficilement surmontable. Comme tous les ans, cette période avant les grandes vacances est très longue. Il fait effroyablement chaud dans les salles de classe. Le thermomètre indiquait déjà 33 degrés, à 10 heures, ce matin. Si au moins, la mairie acceptait de poser des rideaux pour nous protéger du soleil...

Noémie et Mathis, pour lesquels aucune punition n'a pu changer leur comportement, ont fait que maintenant les élèves de la classe s'autorisent tout et n'importe quoi. Les réunions se sont multipliées pour ces deux élèves. Le maître G a accepté avec beaucoup de difficulté de se déplacer dans une école rurale, comme il dit ! Son observation de mes deux élèves a été très brève et les conseils difficilement applicables : il n'y a rien à faire.

Mathis est constamment agité. Il m'interrompt fréquemment, il parle sans lever la main, se lève sans autorisation. Il a du mal à attendre son tour et se montre très souvent impatient. Il refuse souvent de suivre les consignes et s'oppose à mon autorité. Ses actions trouvent écho auprès de Noémie qui les poursuit et les amplifie. Je ne sais même pas si c'est intentionnel ou pas. Mais leur comportement rend vraiment difficile la gestion de la classe et crée souvent des tensions entre les élèves en suscitant des conflits. J'ai bien tenté des stratégies de renforcement positif pour les aider à gérer leurs émotions et respecter les règles... en vain. Avec le directeur, nous recevons très souvent des parents d'élèves de la classe, excédés par ces deux élèves qui gênent voire molestent leurs enfants, mais l'éducation nationale ne propose pas de solution ou sinon des *solutions inacceptables par les familles. Toute l'équipe pédagogique est sur le qui-vive et est présente aux entrées et aux sorties des élèves de crainte que les familles s'en prennent aux élèves ou en viennent aux mains entre elles.*

Je pense au cahier mystérieux mais le soir, lorsque je rentre, après m'être occupée de ma famille, je n'ai d'autre envie que celle d'aller me coucher. Mes nuits ne sont guère reposantes car elles sont peuplées des cris et remarques incessantes de Noémie ou Mathis et des menaces des parents. J'ai peur.

2 juillet 2009

VACANCES : je vais revivre !

Madame Adel se demande si le carnet a été rédigé par une enseignante de l'école de Genette. Il peut avoir suivi le parcours d'une enseignante qui a pu muter et emporter le carnet avec elle puis l'oublier, ici, à l'école de Genette. Des détails la rendent cependant perplexe.

Elle réalise qu'elle tient dans ses mains un carnet poussiéreux, découvert par hasard caché dans un tiroir d'un ancien bureau d'école. Le carnet est abîmé, ses pages jaunies et tachées par le temps. Les mots écrits semblent familiers, mais quelque chose ne colle pas. Elle n'est pas tout à fait certaine que ce carnet ait vraiment appartenu à une ancienne enseignante de cette école. Cependant, elle sent qu'il cache une histoire de vie, des réponses à des questions dont elle n'a même pas encore conscience.

Elle lève alors lève les yeux et observe autour d'elle, scrutant les lieux comme pour s'imprégner de leur histoire. L'école elle-même est un bâtiment austère, avec ses longs couloirs au sol froid en carreaux de ciment légèrement fissurés et ses grandes salles de classe aux lames de parquet disjointes. Par endroits, les murs sont encore ornés de vieilles photos de classes en noir et blanc ou d'autres en couleurs, témoins silencieux des générations d'élèves passés par ses bancs. L'atmosphère y est marquée par une odeur tenace de cire et de papier ancien, rappelant des époques révolues.

Les casiers en bois massif, alignés le long des couloirs, semblent provenir d'une autre époque. Leur peinture écaillée laisse entrevoir des couches de couleurs antérieures – un blanc cassé sous un gris anthracite. Le bureau de l'enseignant avait parfois suivi la même mise en couleurs que les casiers des élèves, donnant ainsi une seconde vie, au bureau que la mairie ne voulait plus pour elle. C'est dans l'un de ces bureaux, au fond d'un tiroir, que Madame Adel a trouvé le carnet. Mais rien dans le carnet ne confirme pour l'instant qu'il a été rédigé dans cette école, par une enseignante de l'école.

En avançant dans le couloir, elle s'arrête près des anciennes toilettes. Ces toilettes turques, à peine éclairées par une petite fenêtre située en hauteur, avaient été abandonnées depuis des années et remplacées par des installations modernes. Elles étaient aussi bien accessibles de l'intérieur de l'école que par la cour de récréation. Ces détails donnaient à l'école une touche d'authenticité, une sensation de lien avec le passé, comme si le lieu retenait encore la mémoire des nombreuses vies qui y étaient passées.

Elle ouvre de nouveau le carnet, relisant les pages à la recherche d'un indice. Les phrases manuscrites évoquent des visages, des noms, des souvenirs de récréations bruyantes, d'élèves turbulents et de salles de classe glaciales en hiver. Pourtant, il n'y a rien de distinctif, rien ne prouvant avec certitude que tout cela s'est bien déroulé ici, dans cette école. Elle est tentée de croire que ces mots ne sont que les bribes de la mémoire de n'importe quelle enseignante, dans n'importe quelle école.

Mais en feuilletant les pages, un détail retient son attention : une description particulière, précise, d'un vieux tableau noir de l'ancienne salle de classe des CM2, marqué par une profonde rayure en diagonale. Ce détail, elle le connait bien : cette rayure est encore là aujourd'hui, malgré les années. C'est indéniable. Ce carnet a bien appartenu à une enseignante qui a exercé dans cette école. Mais qui était-elle ? Qu'avait-elle fait du cahier d'écolier au nom si mystérieux ? Qu'était-elle devenue ?

21 juillet 2009

Je reprends doucement les rênes de ma vie. J'ouvre enfin ce cahier : « Cahier des mystères de l'école de Genette ».

Le cahier débute par une sorte de légende :

« *Ils disent qu'ici, quand le vent souffle entre les murs, les anciens secrets de l'école se réveillent. Certains disent même qu'il y a un passage caché, que peu connaissent sauf s'ils appartiennent à la confrérie d'Ero. La découverte de ce chemin leur fera découvrir quelque chose de merveilleux se cachant sous l'école... »*

Je vais donc effectuer quelques recherches concernant cette légende et cette confrérie.

[...]

14 août 2009

Personne au village n'a pu me renseigner sur cette légende alors que j'y ai consacré tout mon temps et toute mon énergie depuis trois semaines. Cela fait tellement du bien de penser à autre chose qu'à l'école. Chez les anciens, j'ai même eu parfois l'impression de parler de choses taboues. Il m'a été demandé d'arrêter de fouiller ainsi !

Madame Adel se souvient alors des récits qu'elle a parfois entendus de la part des anciens du village. Certains évoquent une cachette, un endroit où les enfants ont jadis joué. L'enseignante qui a écrit ce carnet mentionne avoir trouvé des indices laissés dans différents recoins de la classe et des autres pièces de l'école.

25 août 2009

Je suis rentrée de vacances, hier, pressée de suivre les instructions du cahier. Je le lis page après page, comme guidée par une voix ancienne, celle d'un enfant dont l'esprit semble encore errer dans ces lieux. Je suis retournée à l'école après le déjeuner. Alors que je parcourais les salles de classe, à la lueur de l'après-midi, j'ai remarqué des marques gravées dans le bois, des signes que je n'avais jamais vus malgré les années passées ici. Ils mènent à une trappe discrète, cachée derrière une vieille armoire. Lorsque je l'ai ouverte, j'ai découvert un passage qui descendait dans les profondeurs du sol.

Quels étaient ces signes ? Où se trouvait ce passage ? Madame Adel se mit à observer tous les meubles de l'école autant ceux qui étaient encore dans les salles de classes que ceux entassés dans trois salles et les couloirs, à la recherche de marques ou de signes spéciaux. Elle trouva de nombreuses inscriptions gravées profondément comme si chaque élève avait voulu laisser sa trace, dans le bois et dans l'histoire de l'école. Elles pouvaient être de simples initiales ou des noms complets gravés avec application ou impatience à l'aide d'un compas ou de ciseaux, souvent accompagnées de la date de l'année scolaire. Il y avait aussi des dessins, des cœurs, des flèches, des symboles de l'époque.

Parfois, le bois était davantage entaillé mais rien ne semblait évoqué des signes distinctifs permettant d'accéder à un passage secret. Il ne lui restait donc plus qu'à bouger tout le mobilier adossé aux murs et espérer trouver la fameuse trappe. Elle se mit au travail avec entrain. Elle déplaça beaucoup de mobilier, de cartons, d'étagères…

La journée touchait à sa fin. Aucune trappe n'avait été trouvée mais il restait encore de nombreuses salles à parcourir et une grande quantité de meubles à bouger. Elle décida de rentrer et de reprendre la lecture du carnet. Peut-être que l'enseignante aurait noté d'autres indices.

Hélas, en parcourant le carnet, elle ne trouva aucun autre indice et le carnet s'arrêtait brusquement quelques jours plus tard.

8 septembre 2009

L'année commence sur les chapeaux de roue. L'éducation nationale a encore refondu ses programmes. En près de quinze ans d'enseignement, elle a déjà changé trois fois. Il faut s'y conformer du jour au lendemain. Je ne suis pas prête à partir à la découverte de ce qui se cache au bout du passage secret. Il faut aussi que j'acquière une bonne lampe torche et que je me munisse de bonnes chaussures étanches au regard du chemin boueux découvert derrière la trappe.

Le carnet s'arrêtait là. Madame Adel se trouva alors désemparée à un point tel que son désemparement transparut dans chaque aspect de son être, comme si le poids de sa quête inaboutie l'avait peu à peu écrasée. Depuis des jours qu'elle fouillait, elle cherchait, elle questionnait sans relâche et pourtant, chaque piste s'évanouissait, chaque espoir s'effondrait. Son regard animé jadis par l'énergie et l'anticipation, était maintenant terne et vide, fixé comme si ses pensées s'étaient perdues dans un labyrinthe sans issue. Elle s'était trop investie dans cette histoire et le désespoir commençait à s'installer comme une ombre qui grignotait peu à peu sa détermination. Elle voulait trouver cette trappe. Elle voulait savoir ce qu'il y avait derrière. L'enseignante du carnet avait-t-elle emprunté ce passage secret ? Qu'avait-elle trouvé ? Pourquoi avait-elle arrêté de tenir son journal ? Où était passé le cahier ?

II-   L'enseignante

Un matin, Madame Adel décida de tout reprendre
à zéro car cette obsession l'empêchait de se reposer
durant cette pause estivale. Son entourage la voyait
parfois totalement déconnectée, comme étrangère
au quotidien, absorbée par cette quête qui la
rongeait. Elle-même se demandait parfois si elle
cherchait vraiment une chose concrète ou si c'était
un vide en elle-même qu'elle tentait désespérément

de combler. Comme une détective solitaire, elle remit à plat tous ses indices : un carnet écrit par une enseignante qui avait exercé à l'école de Genette, des inscriptions sur des meubles qu'elle n'avait pas encore trouvées, une trappe non découverte dans un mur, une légende dont il ne fallait pas parler… Mais oui : trouver qui était l'enseignante du carnet et tenter de la joindre !

Elle se dirigea dans la salle des archives de l'école. Elle était située dans l'ancienne bibliothèque qui était devenue une salle de cours lors d'une ouverture de classe puis une salle d'archives au fil des décisions de l'éducation nationale qui ouvrait ou fermait les classes selon la politique du moment. La pièce avait un charme d'antan. C'était un lieu imprégné d'histoire et de souvenirs. Les murs comportaient de multiples étagères en bois vieilli, où reposaient des registres administratifs au milieu de manuels pédagogiques, de livres en reliure de cuir et d'anciennes photos. A côté de ces archives, des écrits d'élèves jaunis par le temps témoignaient de leurs pensées et de leurs aspirations passées.

Parmi les documents administratifs, Madame Adel trouva au sein des registres « matricule » les noms des élèves et ceux des enseignants ayant fréquenté l'école. Selon le type de registre, les noms de ces derniers n'étaient pas forcément inscrits, comme c'était le cas dans les registres des élèves. Pourquoi l'éducation nationale avait-elle changé de type de registre ?

Il fallait qu'elle trouve celui de l'année 1993. Ils étaient éparpillés sur les étagères mais elle parvint à trouver celui du début de l'année scolaire 1993. L'école comptait alors quatre classes. Sur les quatre enseignants, il y avait trois femmes. Elle nota les noms et se mit en quête des registres des années suivantes afin de voir si ces trois enseignantes étaient restées dans l'école. La recherche fut laborieuse car l'accès aux étagères était parfois difficile du fait de l'entassement des pupitres d'élèves, des vieux tableaux sur pied mobiles, des estrades, des décors et costumes de fêtes d'école. De plus, les registres étaient disséminés aux quatre coins de la salle sans cohérence dans le rangement. Elle remua des registres de sécurité incendie, des registres d'appel journalier, des registres CHSCT… Les trois enseignantes avaient rapidement quitté l'école, tour à tour et avaient été remplacées par d'autres : l'école rurale n'attirait pas les enseignants au mieux les jeunes familles qui voulaient un espace vert pour leurs enfants. Madame Adel raya le nom des enseignantes qui étaient parties et nota les nouvelles arrivées. Elle approchait de l'année 2009, année où l'enseignante qui avait écrit sur le petit carnet parlait du tableau à la rayure. L'école avait grandi et comptait sept enseignants, en 2009. Le directeur et un professeur, Madame Saucclade, étaient toujours présents depuis 1996. Mais cela prouvait-il que c'était bien elle qui écrivait ce carnet depuis le début ?

Sur le registre était indiqué que Madame Saucclade avait quitté l'école le 31 août 2010. Madame Adel lut aussi que Monsieur Ratalon y avait exercé du 10 septembre 2009 au 31 août 2010. Il semblait donc qu'elle ait été malade et remplacée. Elle aurait ensuite demandé sa mutation car son nom n'était plus retrouvé dans les pages suivantes. Ce qui était très étrange était la date d'arrivée de Monsieur Ratalon. Elle coïncidait à peu de chose près au dernier écrit du petit carnet. Madame Adel comprit qu'elle détenait une information capitale : elle avait trouvé l'autrice du carnet. Mais pourquoi n'avait-elle plus écrit depuis le 8 septembre ? Que s'était-il passé pour qu'elle n'exerce plus depuis cette date à l'école de Genette ?

Il fallait retrouver cette enseignante et lui demander si elle s'était aventurée dans le passage secret et si elle avait trouvé quelque chose. Les professeurs des écoles, à cette époque, n'étaient pas logés dans les appartements de fonction, réservés aux instituteurs. Peut-être habitait-elle plus loin dans la commune ? Elle n'en avait jamais entendu parler mais elle enseignait dans cette école seulement depuis trois ans et elle n'habitait même pas le village. Elle n'avait donc pas de collègues à qui demander. De plus, elle fonctionnait en classe unique, depuis cette année. Il était certain que l'enseignante n'avait pas pu partir en retraite car à cette époque, les professeurs des écoles, à la différence des professeurs de collège ou de lycée étaient obligés d'attendre la fin de l'année scolaire pour partir en retraite ; le 10 septembre était au début de l'année scolaire !

Elle décida donc de se rendre dans l'unique commerce de Genette. C'était à la fois une épicerie, un dépôt de pains, un bar/café… et sur la devanture, au travers de vieilles affiches ou d'autocollants, apparaissaient des traces d'activités plus anciennes comme celle d'un relais-colis, d'un dépôt pressing, dépôt pellicules et films, photocopie-minute… Tout le monde connaissait

Momo et tout le monde allait chez Momo. Il devait certainement connaitre Madame Saucclade.

Momo l'accueillit avec son éternel grand sourire chaleureux. « Madame Adel, vous vous êtes trompée de jour. Ce n'est que demain que je serai livré en petits pâtés lorrains ! ». Elle lui raconta qu'elle était en train de débarrasser l'école et elle venait chercher quelques gourmandises pour l'aider à la tâche. Elle ne tenait pas à parler du carnet qu'elle avait découvert. Il soupira et prit un air triste « c'est bien dommage que l'école ferme. Elle amenait de la vie au village. ». Madame Adel en profita pour lui parler des choses qu'elle rangeait et au bluff, lui dit qu'elle avait pu voir qu'une certaine Madame Saucclade avait beaucoup œuvré pour les élèves. La connaissait-il ?

Il n'en fallait pas plus à l'épicier pour le faire parler, lui permettant ainsi d'occuper plus agréablement sa journée monotone du fait de l'absence de clients lors des vacances scolaires. Il la décrivit comme une enseignante discrète, d'une grande réserve, mais d'une détermination sans faille. Elle donnait tout son temps et ses efforts à son métier, se lançant chaque jour dans des heures interminables de préparation, d'adaptation, et d'initiatives pour ses élèves. Il pouvait d'autant plus en témoigner, que ses propres enfants avaient bénéficié des bons services de cette enseignante. Consciente des attentes souvent contradictoires entre les consignes de l'institution et les besoins du terrain, elle passait une grande partie de son temps à jongler entre les deux, inventant sans cesse de nouvelles solutions.

Très investie dans la vie du village, elle ne se contentait pas de son rôle d'enseignante ; elle se préoccupait aussi profondément de l'avenir de ses élèves, parfois même au risque de s'attirer des tensions avec certaines familles ou collègues, que son énergie et son implication dépassaient. Elle menait son combat sur deux fronts : les professionnels et les familles, sachant qu'elle devait être un pont entre ces deux mondes, bien qu'elle se retrouvât souvent incomprise, voire isolée.

Sa vie personnelle reflétait aussi ce défi : avec deux enfants à sa charge et un mari lui-même absorbé par son travail et souvent absent en tant que père, Madame Saucclade devait tout gérer seule. Elle assumait cette charge avec une force admirable, bien que cela alourdisse encore son quotidien, déjà bien rempli. Personne au village n'avait compris sa soudaine disparition laissant mari et enfants sans réponse. Au départ, la gendarmerie n'avait pas pris au sérieux cette histoire de disparition, pensant certainement que l'enseignante avait dû vouloir fuir un foyer peu accueillant, peut-être un mari violent sinon un métier difficile. Même l'éducation nationale ne savait pas ce qu'elle était devenue. Finalement, la famille avait réussi à faire ouvrir une enquête qui n'avait mené à rien hormis à faire fuir, par peur, les familles éventuelles qui envisageaient de s'installer dans Genette. L'éducation nationale, quant à elle, avait enregistré sa disparition comme un abandon de poste. Cela faisait maintenant presque quinze ans que plus personne n'avait de nouvelles de Madame Saucclade.

L'épouse de l'épicier arrivée entre temps ponctuait les phrases de son mari par « ah oui, c'était une bien belle personne, Madame Saucclade ». Madame Adel ne savait pas si elle devait parler du carnet retrouvé dans un bureau : quelque chose l'en empêchait. Elle inventa le prétexte de désirer mieux connaitre Madame Saucclade à l'aube de la fermeture définitive de l'école. Les commerçants lui communiquèrent le nom et les coordonnées d'une enseignante qui habitait le village voisin, Madame Reno. Elle avait enseigné quelques années avec Madame Saucclade. Elle était partie en retraite en 2019.

Madame Adel prit congé des épiciers et rentra chez elle. La journée avait été féconde en informations. Il fallait maintenant qu'elle prenne le temps de les rassembler, au calme, et ainsi organiser ses recherches, toujours dans le but de mettre la main sur ce soi-disant passage secret. Elle irait voir cette Madame Reno, le lendemain.

Le lendemain, il pleuvait à verse. En effet, peu de temps après le petit-déjeuner, le ciel était devenu soudainement sombre, presque menaçant, enveloppant les montagnes dans un voile gris. Une pluie torrentielle s'était abattue sans prévenir tambourinant contre les fenêtres du chalet de Madame Adel. Les gouttes lourdes, mêlées à des rafales de vent violent, s'écrasaient avec une telle force que chaque sortie devenait impossible. De sa fenêtre, l'enseignante voyait les chemins de randonnée, d'ordinaire accueillants, transformés en rivières boueuses et impraticables.

Contrainte de rester à l'intérieur, elle soupira en voyant son projet de rencontre avec Madame Reno annulé. Déterminée à tirer profit de ce moment d'enfermement, elle alluma son ordinateur portable et se lança dans des recherches sur internet à propos de la disparition de Madame Saucclade, espérant que les journaux en aient fait mention à l'époque. Le crépitement de la pluie contre le toit du chalet lui tenait compagnie, créant une ambiance particulière. Entre les éclairs qui illuminaient par moments la pièce, elle plongea avec enthousiasme mais sans une certaine appréhension dans la lecture d'articles sur cette étrange disparition, alors que l'orage battait son plein dehors.

C'était le journal local qui en parlait le plus et c'était une chance que la journaliste, très impliquée dans la recherche de réponses, ait pu créer un blog pour recueillir des informations de toute part. Ses articles étaient donc encore consultables aujourd'hui, en ligne. Madame Adel y apprit que l'enseignante n'était pas rentrée chez elle, le mardi 8 septembre 2009. Ce n'était que lorsque son mari était rentré de son travail à 21h30 qu'il avait commencé à s'inquiéter. Les enfants rentrés depuis plusieurs heures, quant à eux, ne s'étaient pas plus inquiétés que cela, habitués à ce que leur mère rentre plus tardivement le mardi soir ; elle allait donner quelques cours de rattrapage bénévoles à des élèves à besoins. Elle ne répondait pas sur son téléphone portable. Même sa messagerie ne se mettait pas en route laissant la place au message de l'opérateur. Elle devait être à court de batterie ou dans une zone non couverte par le réseau téléphonique à l'époque. Personne ne répondait non plus au téléphone de l'école. Monsieur Saucclade s'était rendu compte qu'il ne connaissait même pas le nom du directeur que sa femme appelait simplement Stéphane et encore moins son numéro de téléphone. Elle lui parlait bien de quelques collègues mais il n'avait jamais vraiment accordé d'importance au métier de son épouse lequel il dénigrait facilement avec ses collègues de travail. « Fonctionnaire et en plus de l'éducation nationale : une planquée tellement l'emploi du temps est allégé et le nombre de jours de vacances impressionnant ! » Lui, c'était un travailleur, un acharné qui ne comptait pas son temps et investissait toute son énergie dans ses tâches de chef d'entreprise en bâtiment... pas elle, si on l'écoutait !

Il est vrai qu'il était connu pour son organisation, son caractère discipliné et sa détermination constante à atteindre ses objectifs. Il savait montrer une grande persévérance face aux défis. Il était capable de rester concentré sur ses priorités, gérait bien la pression et faisait preuve de résilience même dans les situations difficiles. Cela expliquait sans doute pourquoi il ne montra pas plus de peine lors de la découverte de la disparition de sa femme ni plus dans les mois qui suivirent.

Il avait pourtant été soupçonné très rapidement par la gendarmerie car lors d'une disparition, c'est souvent un membre de l'entourage qui en est l'auteur, savait-elle. Mais Madame Reno, chez qui il effectuait des travaux d'agrandissement, avait dit aux enquêteurs qu'il avait été présent auprès d'elle jusqu'à 21h15. Il était resté aussi tard car elle était mécontente des travaux des derniers jours et exigeait qu'ils soient démontés et refaits. Monsieur Saucclade avait passé beaucoup de temps pour tenter de trouver un compromis, compromis qu'ils avaient trouvé et scellé par un apéritif.

Sur le blog, Madame Adel pouvait lire des messages de compassion à l'égard de la famille et plus particulièrement des deux enfants. Certains s'inquiétaient pour le plus jeune de 13 ans, Quentin, a la santé mentale fragile. Des messages indiquaient qu'il présentait des troubles du comportement et était parfois très violent, notamment envers sa grande sœur, avec qui il restait le soir dans l'attente du retour de leur mère puis de leur père. Avait-il été violent avec sa mère ? Mais était-ce vrai ? Beaucoup de choses sont dites dans ses circonstances et beaucoup sont à laisser. La journaliste devait le savoir. Pourquoi alors ce blog ?

Des photos étaient postées et Madame Adel reconnut l'enseignante vue sur des photos affichées dans l'école. Des messages de remerciements foisonnaient sur le blog. D'anciens élèves sans doute. Mais aussi des messages de familles reconnaissantes. Des collègues avaient aussi laissé des messages.

« Madame Saucclade, où que vous soyez, je tenais à vous exprimer toute ma gratitude pour l'impact précieux que vous avez eu dans mon parcours scolaire. Grâce à votre patience, vos encouragements et votre passion pour l'enseignement, j'ai pu grandir et apprendre à me surpasser. »

« Madame Saucclade, votre manière de rendre les cours vivants et d'écouter chacun de vos élèves a créé un environnement où je me suis senti soutenu et motivé à donner le meilleur de moi-même. Merci d'avoir cru en moi. Je veux que vous continuiez de m'accompagner dans mes réussites et dans mes défis. »

« Je n'oublierai jamais tout ce que vous m'avez appris non seulement sur le plan scolaire mais aussi humainement : croire en soi et se battre. Où êtes-vous ? »

« Madame Saucclade, nous espérons que vous allez bien. Nous vous adressons toute notre gratitude pour ce que vous avez fait pour Sylvain ».

« Madame Saucclade, votre dévouement, votre patience et votre passion pour l'enseignement ne sont pas passés inaperçus et nous souhaiterions pouvoir vous exprimer notre reconnaissance. »

« Grâce à votre pédagogie bienveillante, Reynald s'est épanoui et est motivé pour apprendre. Quelle fut notre joie lorsque nous apprîmes qu'il était avec vous de nouveau cette année. Revenez-nous vite ».

« Clarisse, ton engagement constant et ta bienveillance créent un climat d'apprentissage positif, et cela se ressent non seulement chez les élèves, mais aussi parmi nous, tes collègues. Reviens illuminer chaque classe et marquer chaque esprit avec autant de générosité et d'enthousiasme. »

Puis les messages se sont faits plus rares au fil des mois : « Maman, tu me manques » fut le dernier. Il était daté au 10e anniversaire de la disparition de Clarisse Saucclade.

III- La collègue et son mari

Le matin suivant, Madame Adel se réveilla sous un soleil éclatant. La végétation était encore bien humide mais les routes étaient praticables. Elle descendit jusqu'au village voisin très proche et sonna à la porte de la maison de Madame Reno.

C'était une élégante maison de ville, située dans un quartier ancien et raffiné, au charme indéniable. La façade était classique, ornée de belles moulures en pierre, de hautes fenêtres à petits carreaux, et d'un portail en fer forgé, témoignage de son histoire. Elle disposait de trois étages, chacun offrant une vue plongeante sur la rue arborée ou sur la montagne.

Madame Adel pouvait voir qu'elle avait fait l'objet de travaux d'agrandissement ambitieux. Une extension moderne en verre et acier avait été ajoutée à l'arrière, offrant une magnifique véranda qui devait s'ouvrir sur un jardin imagina-t-elle. Ce contraste entre ancien et contemporain était adroitement équilibré. Par les baies vitrées, elle put apercevoir la luminosité apportée à la pièce et l'espace créé par cette extension. Tout se mêlait harmonieusement à l'élégance classique des pièces d'origine. Elle était pressée de découvrir la maison mais aussi mue par l'espoir d'obtenir plus d'informations.

Un homme d'une soixantaine d'années vint lui ouvrir. Elle se présenta et demanda à s'entretenir avec Madame Reno, en tant qu'ancienne collègue. Pendant que l'homme était parti la chercher, son regard s'attarda longuement sur l'intérieur de la maison. Comme elle s'en doutait, les travaux avaient permis d'agrandir les pièces principales, comme le salon et la salle à manger, qui étaient baignés de lumière naturelle grâce aux larges baies vitrées. Les détails d'époque, tels que les cheminées en marbre, les parquets en bois massif, et les moulures au plafond, avaient été minutieusement conservés. L'extension accueillait également une cuisine moderne, ouverte et bien équipée, avec des matériaux nobles comme le bois et le marbre, ainsi qu'une suite parentale spacieuse avec dressing et salle de bain attenante, qu'elle pouvait deviner par les portes laissées entrouvertes. Une cheminée plus récente avait été ajoutée dans l'extension.

Dès que Madame Reno entra dans la pièce, elle déplut à Madame Adel sans qu'elle sache se l'expliquer. Peut-être son style décalé par rapport à l'environnement… Elle lui donna les raisons de sa visite se servant du même prétexte que chez l'épicier : mieux connaître Madame Saucclade avant que l'école ne disparaisse. Madame Reno afficha une expression crispée, un regard fuyant et sembla franchement peu accueillante voire récalcitrante. Son sourcil droit était sujet à des mouvements saccadés qu'elle ne contrôlait pas.

« _ Que voulez-vous savoir exactement ?

_ J'enseigne à l'école de Genette depuis trois ans. En classe unique cette année. Je suis en train de faire du tri dans les affaires de l'école et j'ai cru comprendre au hasard de diverses découvertes que Madame Saucclade avait été une enseignante très appréciée et qu'elle avait disparu du jour au lendemain. Je cherchais donc à en savoir un peu plus sur elle, ce qu'elle est devenue.

_ Je l'ai très peu connue. Nous avions exercé, je crois, seulement une ou deux années ensemble. Elle ne restait pas déjeuner à l'école durant la pause du midi car elle devait rentrer récupérer son fils au collège et déjeuner avec lui. Son fils avait des troubles mentaux et devait faire une pause au sein de sa journée scolaire. Elle en profitait pour lui donner son traitement afin qu'il puisse passer correctement la seconde partie de la journée. Le soir, après la classe, elle restait davantage à l'école car son fils se rendait chez la voisine, sa nourrice de la première heure avant d'être repris par sa sœur si Clarisse ne rentrait pas. Mais moi, je ne restais pas le soir ou très peu. Nous avons donc eu que très peu de rapports hormis professionnels et encore. L'école ouvrait une classe chaque année, à cette époque. La cour de récréation était devenue trop petite pour que tous les élèves puissent y être tous en même temps. En plus, la mairie venait de construire des toilettes dignes de ce nom, car avant cela, existaient encore des toilettes turques sous le préau sans chauffage en plus ; en créant des toilettes filles et des toilettes garçons, même si elles ont été rebâties, en partie, sur les anciennes toilettes, elles sont devenues plus spacieuses et ont empiété sur la cour, diminuant ainsi l'espace de jeux des élèves. Je me rappelle : ce qui aurait dû être un petit chantier, s'est révélé être un chantier de plus grande ampleur. L'entreprise n'avait pas pu les terminer durant les vacances d'été. Il y a même eu des éboulements peu de temps après la reprise des classes : des gamins avaient dû jouer sur le chantier a priori abimant la nouvelle construction. Le chantier avait été terminé durant les vacances de la Toussaint. Bref, nous n'étions pas de service de récréation ensemble. Nous nous côtoyions donc très peu… Oui, nous n'avions pas de rapports, mais ce n'est pas interdit, il me semble, non ? »

Elle était devenue presque agressive. Madame Adel ne comprenait pas pourquoi. Elle lui confirma cependant que Madame Saucclade s'investissait beaucoup auprès de ses élèves car les conseils de maîtres étaient très houleux ; l'enseignante avait beaucoup d'idées, de projets pour ses élèves ou ceux de l'école alors que beaucoup de ses collègues étaient déjà fatigués de devoir sans cesse s'adapter aux demandes continues et pressantes de l'institution et ils ne souhaitaient donc pas de charge de travail supplémentaire.

« Et son mari ? Il ne semblait pas beaucoup présent, non ? » se risqua à demander Madame Adel. A cette question, l'enseignante se renfrogna davantage. Elle voulut mettre un terme à la discussion mais la personne qui avait accueilli Madame Adel à l'entrée prit soudainement la parole. Elle était restée dans la cuisine ouverte, préparant un café et des gâteaux et avait pu écouter leur discussion.

« J'avais beaucoup de travail. Je venais de monter mon entreprise dans le bâtiment et je ne comptais pas mes heures car il faut se faire un nom, une réputation rapidement pour pouvoir payer les factures, surtout dans des petites communes comme Genette ».

Madame Adel fut surprise. La personne si familière dans les lieux n'était autre que Monsieur Saucclade. Sa stupéfaction avait dû se lire sur son visage car l'entrepreneur lui demanda : « vous ne saviez pas que je vivais avec Madame Reno, l'ex-collègue de Clarisse ? J'ai donc la faiblesse de penser que vous n'êtes pas venue à la pêche aux infos comme tous ces journalistes, ces curieux. Vous n'êtes pas là pour mener votre petite enquête comme beaucoup ont pu le faire, nous soupçonnant Alice et moi. Oui, j'étais chez Alice, le soir où ma femme n'est pas rentrée. Mais nous avions discuté jusque tard dans la nuit des travaux que j'avais réalisés chez elle. Quelques jours plus tôt, je l'avais informée de la découverte de galeries creusées dans le sol causant des faiblesses à l'endroit où elle voulait mettre une cheminée. Nous avions alors décidé de déplacer le lieu de pose de la cheminée et je venais de terminer le coulage de la dalle. Mais je me suis aperçu que cela engendrait d'autres modifications dans les plans. La taille des baies vitrées devait être réduite ou sinon il fallait agrandir la pièce et cela engendrait des coûts supplémentaires. Ce n'était pas possible et il fallait tout repenser. Il n'y avait rien à l'époque entre nous. C'est la disparition de Clarisse qui nous a rapprochés. Je devais terminer le chantier chez

Alice. Elle a dû me prendre en pitié et je suis régulièrement resté manger chez elle. Ainsi, de fil en aiguille, nous nous sommes fréquentés davantage et j'ai emménagé chez elle. Pourquoi voulez-vous connaître davantage Clarisse et remuer des moments difficiles ? A la suite de cette histoire, mes enfants ont quitté la région ; je ne pouvais pas être auprès de mon fils comme Clarisse avait pu l'être à cause de mon travail. J'ai aussi passé beaucoup de temps à la gendarmerie car différents enquêteurs ont voulu m'entendre sur les causes possibles de la disparition de ma femme. Alors mes enfants sont partis vivre chez la sœur de Clarisse. Je les vois rarement. Ils n'aiment pas revenir sur les lieux où leur mère a disparu. »

Madame Adel vit Madame Reno se rapprocher de Monsieur Saucclade et lui prendre le bras comme pour l'apaiser. Elle semblait plus humaine, plus sympathique maintenant débarrassée de la méfiance qu'elle avait éprouvée à son égard. L'enseignante se demandait si elle devait leur parler du carnet de Madame Saucclade et du cahier qu'elle aurait découvert. Elle n'en fit rien. Ils continuèrent à bavarder jusqu'à ce que le clocher sonnât midi. Madame Adel prit congé et rentra chez elle. Ses investigations étaient au point mort. Elle décida de retourner dans l'école après déjeuner.

Le portail de l'école franchi, Madame Adel alla s'asseoir sur le banc à l'ombre d'un grand tilleul et repensa à sa conversation du matin, à Monsieur Saucclade et à Madame Reno. Pouvait-elle les croire ?

Monsieur Saucclade était un homme qui inspirait naturellement confiance, grâce à sa prestance calme et son regard franc. Il était connu pour son courage qui ne se manifestait pas seulement par des mots, mais par des actions menées avec intégrité et détermination. C'était un travailleur infatigable qui abordait chaque défi avec une volonté de fer. C'était pour cela qu'il avait pu traverser l'épreuve de la disparition de sa femme, celle du départ de ses enfants. Il s'était encore plus plongé dans le travail.

Quant à Madame Reno, antipathique au premier abord, Madame Adel comprenait que cette personne avait été montrée du doigt très long-temps ; elle avait été prise pour l'amante de Monsieur Saucclade, celle qui avait fait fuir sa femme voire même peut-être participé à la faire disparaitre totalement. Elle avait dû souffrir de la rumeur, du regard des habitants du village et elle s'était forgé une sorte de carapace. Peut-être n'étaient-ils pour rien dans la disparition de l'enseignante ?

Son regard balaya la cour. Elle allait quitter l'école, celle-ci allait fermer et emmener avec elle ses secrets et ses souvenirs. Elle ferma les yeux et laissa libre cours à ses pensées. Les informations affluaient, se mélangeaient… elle s'endormit.

IV-   L'école de Genette

Lorsqu'elle se réveilla, le ciel s'était embrasé dans des tons de rouge, d'orange et de violet comme une toile d'artiste déployée au-dessus des montagnes qui se découpaient en silhouettes sombres et puissantes. L'air était maintenant doux, supportable, presque immobile avec un léger parfum de résine et d'herbes sèches. Madame Adel se redressa sur le banc de bois, dans la cour silencieuse de l'école. Elle observa les derniers rayons du soleil caresser les sommets, les rendant presque incandescents. Le crépuscule descendait doucement, enveloppant le paysage d'une lueur bleutée, et la fraîcheur de la nuit commençait à se faire sentir, contrastant avec la chaleur de la journée. L'éclat des premières étoiles pointait timidement apportant une touche de magie à cette nuit d'été sereine et paisible. Elle se dit qu'elle avait dû dormir longtemps. Elle se mit à frissonner alors qu'une sensation de brûlure intense irradiait son bras, sa jambe et sa joue droite. Le soleil avait tourné durant sa sieste inopinée et avait laissé une marque temporaire mais cuisante sur diverses parties de son corps. Elle sentit qu'elle avait de la température et elle regagna alors les couloirs de l'école. Dans sa salle de classe, en partie vidée, elle attrapa un gilet accroché derrière une porte qu'elle enfila prestement et elle dénicha un médicament au fin fond de son sac pour faire tomber la fièvre qu'elle sentait monter. Elle s'assit sur une des rares chaises encore présentes dans cette partie de l'école et positionnée à l'entrée des toilettes. A cet endroit l'enseignant de service pouvait surveiller, il y a encore peu de temps, les entrées et sorties des élèves, qu'ils viennent des salles de classe ou de la cour. Une partie du sol des toilettes était en carreaux de ciment de la même couleur que l'ensemble de l'école et l'autre en carrelage plus récent. Cela correspondait aux travaux qui avaient été faits en 2009. Les garçons étaient dans la partie ancienne mais rénovée et les filles dans la partie plus récente. Les adultes avaient leurs propres toilettes suivant le même principe : les hommes dans les toilettes des garçons et les femmes dans celles des filles. Madame Adel pensa qu'elle ne s'était jamais vraiment aventurée dans les toilettes des garçons. Dans un sourire, elle se dit qu'il était bien temps, maintenant que l'école fermait ses portes. Elle se leva de sa chaise et entra dans les toilettes. Le plafond était très haut. Elle remarqua une très grande et vieille armoire en chêne sous une petite fenêtre. Quel objet étonnant dans des toilettes ! pensa-t-elle. En s'approchant, elle vit plutôt un placard avec une devanture d'armoire car le meuble ne faisait qu'un avec le mur. Son bois était épais, patiné par le temps et ses teintes de brun et d'ambre révélaient des veines et des nœuds qui rappelaient ceux du bois local. Des détails sculptés, discrets mais fins ornaient ses bordures et ses portes à panneaux. Ses poignées en métal forgé, noircies par les années, semblaient presque figées, comme si elles n'avaient pas été tirées depuis des siècles. Ce meuble était d'une telle beauté que la mairie n'avait sans doute pas pu se résoudre à le retirer ni à le repeindre. Mais, plus elle le regardait, plus il lui semblait que quelque chose n'allait pas. Elle ne pouvait pas se l'expliquer et elle ne parvenait pas à dire quoi.

Elle se mit à inspecter l'armoire sous tous ses angles. Elle tenta d'ouvrir les portes en vain. Il lui semblait pourtant que les clés n'avaient pas verrouillé les portes. Il fallait qu'elle trouve un outil pouvant lui servir de pied de biche. Elle sortit des toilettes et se rendit dans les quelques salles non encore débarrassées de leur mobilier scolaire, en vain. Lorsqu'elle retourna dans les toilettes, la lune était déjà bien haute dans le ciel et des éclairs de chaleur zébraient le ciel. L'orage n'était pas loin. Il fallait qu'elle se dépêche si elle voulait rentrer chez elle avant la pluie. Elle reviendrait demain avec un outil approprié.

Alors qu'elle courait dans le couloir afin de récupérer ses affaires laissées sur la chaise à l'entrée des toilettes, elle comprit ce qui n'allait pas. Les éclairs illuminaient les toilettes des filles par l'unique fenêtre ; cette même fenêtre se trouvait aussi dans les toilettes des garçons, au-dessus de l'impressionnante armoire, mais aucune lumière ne la traversait alors qu'elles étaient toutes deux exposées du même côté. Au plus fort de l'orage, il faisait quasi jour dans les toilettes des filles alors que celles des garçons demeuraient définitivement sombres. Il ne lui semblait pas avoir vu de volet sur le pignon qui aurait pu expliquer cette obscurité. Pour le moment, elle ne pouvait pas se rendre dehors. Elle devait patienter et cela lui coûtait énormément.

Lorsque la pluie diminua d'intensité et que les éclairs disparurent, elle se précipita dans la rue. Le pignon de l'école donnait sur la propriété voisine et à la lumière de la lune, elle crut discerner cinq fenêtres sinon plus encore. Mais elle n'en était pas certaine car un pilier, lui semblait-il, dissimulait une partie du mur. Elle n'avait pas d'autre choix que d'attendre le lendemain le lever du jour.

La nuit fut agitée et elle se leva très tôt. Elle avait mal dormi, obligée de se relever pour soigner ses coups de soleil et faire taire son mal de tête. Son sommeil avait été tourmenté. Elle s'était débattue, piégée dans une série de cauchemars. Elle avait rêvé qu'elle se trouvait dans un couloir interminable, dont les murs semblaient vouloir se refermer sur elle. Elle avançait lentement, le cœur battant la chamade, quand soudain, elle avait aperçu la silhouette d'une femme qui se dessinait derrière la vitre, à moitié dissimulée par l'ombre.

Une femme, aux longs cheveux sombres et à la peau pâle, la regardait fixement. Son visage, flou comme un reflet dans l'eau, portait une expression indéchiffrable, mélange de tristesse et de reproche, comme si elle lui réclamait quelque chose.

Paralysée, elle avait senti une terreur inextricable monter en elle, mais elle n'était parvenue ni à fuir ni à se détourner. A chaque coup d'éclair, la femme apparaissait à une nouvelle fenêtre, se rapprochant inexorablement, son visage devenant de plus en plus clair. Elle semblait murmurer des mots inaudibles que le tonnerre noyait, et ses yeux, d'un noir profond, la perçaient jusqu'à l'âme.

Les fenêtres devenaient des portes, les murs s'effritaient sous l'assaut de la tempête, et la pluie s'infiltrait dans le couloir comme un fleuve d'angoisse. La femme continuait de la fixer, figée dans une immobilité étrange, ses yeux emplis de mystères et de promesses d'une vérité inconnue, comme une ancienne malédiction à laquelle elle ne pourrait plus jamais échapper.

Dans un dernier éclair, la silhouette avait disparu, laissant derrière elle un silence aussi lourd que l'obscurité. Madame Adel s'était alors réveillée en sursaut, le cœur battant, ses draps trempés de sueur. Même si elle pensa que c'était la fièvre qui l'avait fait délirer et voir Madame Saucclade, les couloirs de l'école et la fenêtre des toilettes des garçons, une drôle d'impression subsistait comme si elle tenait les clés de cette énigme à savoir les causes de la disparition de Madame Saucclade.

Aussi munie d'un pied de biche, elle prit la direction de l'école.

Dès qu'elle arriva, elle regarda comme elle put le pignon de l'école. Il y avait bien cinq fenêtres : une petite, celle qui devait donner dans les toilettes des filles et quatre autres plus grandes mais assez éloignées pour qu'aucune ne donne dans les toilettes des garçons. D'ailleurs, à l'endroit où elle pensait trouver la fenêtre des toilettes des garçons, était construit un haut mur en briques qui n'était pas dans l'alignement du mur de l'école comme pouvaient l'être les conduits de cheminée. C'est ce qu'elle avait pris pour un pilier, la veille au soir. C'était étrange.

Alors elle entra dans l'école et elle traversa le couloir pour se rendre aux toilettes. A gauche des toilettes des garçons, elle pénétra dans deux anciennes salles de classe ; toutes deux possédaient deux grandes fenêtres. Les fenêtres ne s'ouvrant pas et étant opaques du fait de la vue donnant chez le voisin, du mobilier s'était entassé devant elles lorsque les classes avaient fermé au fil des années. Voilà pourquoi Madame Adel ne s'en souvenait pas. Elle n'allait jamais dans ces salles. Elle en arriva donc à la conclusion que la fenêtre au-dessus de l'armoire ne servait pas à apporter de la lumière mais peut-être à en diffuser. Qu'y avait-il donc derrière cette fenêtre ?

Elle était tout excitée. Elle revint dans les toilettes des garçons. Sa première idée fut de casser la fenêtre, mais elle avait quelques scrupules : même si l'école fermait, elle devait rester en bon état au cas où un jour elle devrait rouvrir. D'ailleurs, la mairie pouvait la désaffecter et lui trouver une autre utilité. Etant la dernière dans les lieux et l'adjointe au maire passant régulièrement dans les locaux, nul doute que tous les soupçons porteraient sur elle, encore plus, maintenant qu'elle savait que la fenêtre n'était pas accessible par l'extérieur. D'ailleurs, d'autres le savaient-ils se demanda-t-elle ? Aussi décida-t-elle de s'attaquer à l'armoire, dans un premier temps !

Elle sortit le pied-de-biche de son sac et s'approcha de l'armoire. Il fallait s'attaquer à cette antiquité avec précaution. Elle devait être là depuis si longtemps qu'il serait impensable qu'elle puisse être sabotée pour une quelconque chimère de la part d'une enseignante quasi nouvelle dans l'école et qui n'était pas du pays ! La beauté de l'armoire imposait aussi le respect. Madame Adel entendait déjà les railleries et commentaires des gens du village, si elle venait à l'abîmer. Elle se souvenait trop bien de ses débuts à Genette. Elle avait remplacé une enseignante partie à la retraite, dans cette école qui ne comptait plus que deux classes. L'année d'après, ce fut au tour de son collègue de partir et d'être remplacé par une toute jeune collègue, enfant du pays. Malheureusement, à la fin de l'année scolaire, comme il était pressenti, une classe devait fermer. La commune avait pu s'organiser avec deux communes voisines qui perdaient aussi des élèves et des classes pour ne pas fermer l'école : un regroupement pédagogique intercommunal avait été créé. Les élèves allaient donc effectuer tout leur parcours de la maternelle au CM2 au sein des trois communes. Genette n'avait donc plus besoin de deux classes mais d'une seule. Madame Adel s'était alors positionnée pour rester tout comme la collègue l'avait fait. Et au regard de son ancienneté et de ses compétences administratives en plus de celles pédagogiques, l'éducation nationale avait rapidement fait son choix : c'était elle qui resterait. Elle se rappelait donc bien alors les commentaires désobligeants des gens du village qui auraient souhaité que cela soit une enseignante du pays, à la tête de l'école.

Hélas, l'éducation nationale court après les vocations. Elle manque d'enseignants et ce regroupement dispersé allait devenir concentré sur le village voisin, l'éducation nationale récupérant ainsi deux postes d'enseignant ; aujourd'hui, alors, elle n'a plus besoin de Madame Adel. Il fallait donc user de mille précautions en prenant en compte la susceptibilité des gens de Genette.

Doucement et lentement, Madame Adel inséra le pied de biche entre les cadres de l'armoire et la porte, cherchant un point de levier qui ne fragilise ni le bois ni les finitions précieuses. Elle sentait la tension entre les deux surfaces, et chaque petit craquement faisait battre son cœur plus fort. Le pied-de-biche glissa délicatement dans le faible espace et Madame Adel appliqua une pression légère, millimètre par millimètre, en veillant à garder le contrôle total de chaque mouvement. Elle s'arrêtait souvent, laissant le bois « respirer » entre chaque tentative, s'assurant que les charnières anciennes ne cèdent pas brutalement. Le bois gémit, protesta faiblement mais résista. Finalement, après plusieurs tentatives subtiles, la porte céda un peu, juste assez pour lui permettre de glisser sa main et finir de l'ouvrir tout en douceur. L'armoire était ouverte, intacte, sans la moindre égratignure comme si elle avait voulu lui accorder sa confiance. Quel mystère allait-elle lui révéler ?

V-   L'armoire

Sur les étagères du haut, se trouvait du matériel de sciences : flacons et tubes à essais étaient enchevêtrés dans des fils électriques dont les extrémités étaient recouvertes par des pinces crocodiles rouillées. Des lampes torches gisaient dans un coin et de nombreuses piles plates corrodées attaquaient l'étagère. Sous ces étagères, il y avait deux longs crochets à chaque extrémité de la largeur de l'armoire. Sur ces crochets étaient suspendus des vieilles cartes de géographies et des affiches de leçons de choses. Son cœur s'était mis à battre plus vite. Elle ressentait un mélange de nostalgie, d'émerveillement mais aussi d'excitation. Elle fouilla parmi les cartes aux couleurs passées et aux frontières d'une autre époque. Les illustrations de certaines affiches étaient presque effacées. La vie d'un haricot, la composition d'un œuf… chaque affiche lui rappelait des leçons alors qu'elle était elle-même élève. Celle sur la grenouille l'attira plus particulièrement. Chaque année, ses élèves allaient à l'ancien lavoir pour récupérer des œufs. Ils les plaçaient ensuite dans un aquarium aménagé pour voir leur éclosion. Avec Madame Adel, ils étudiaient le cycle de vie de la grenouille au fur et à mesure de la métamorphose. Cette affiche serait une illustration parfaite de la leçon qui pourrait rester quelques temps sur un mur de la salle de classe. Elle espérait pouvoir toujours trouver, avec ses futurs élèves dans une nouvelle école, des larves de grenouilles. Elle décida donc de défaire toutes les affiches suspendues par des œillets aux crochets pour retirer celle désirée. Alors qu'elle tentait de les attraper en nombre, un crochet sembla se dévisser en pivotant sur la gauche. Elle retint de justesse les affiches qui glissaient mais, l'autre, sous le poids des affiches restantes, pivota également, sur la droite. Dans un bruit de charnières rouillées, le fond de l'armoire s'ouvrit soudainement. Ebahie, Madame Adel ne sut que faire sur le moment. Elle passa la tête par l'entrée découverte et vit un chemin de terre battue quelque peu humide. La fenêtre placée au-dessus de l'armoire lui donnait un semblant d'éclairage mais elle n'en voyait pas le bout. Pouvait-elle y aller sans danger ? Le fond de l'armoire n'allait-il pas se refermer ? Courait-elle un risque de s'aventurer dans ce passage ? Avait-elle découvert celui dont parlait Madame Saucclade, celui dont il aurait été fait mention dans un cahier d'écolier non retrouvé jusqu'alors ?

Elle reprit place sur la chaise et se mit à réfléchir à toutes ces questions. L'excitation se mêlait à la peur du danger.

Elle dut bien rester plus d'une heure sur sa chaise. Elle put ainsi constater que le fond de l'armoire ne se refermait pas. Elle décida de rentrer chez elle. Elle coucha sur une feuille sa découverte. Elle y expliqua comment y accéder et indiqua que ce 13 août 2023, elle emprunterait le passage découvert. Au travers de ces mots, son angoisse pouvait se lire. Elle ne voulut prévenir personne, surtout pas sa famille qui était de nature très anxieuse et l'aurait dissuadée. Elle ne connaissait pas grand monde à Genette ou pas suffisamment pour demander à être accompagnée. Elle envoya un sms à ses meilleurs amis en leur demandant de la rappeler dès qu'ils le pourraient.

Elle eut bien du mal à déjeuner paisiblement. Aucun de ses amis ne l'avait rappelée. Ils le feraient certainement le soir, moment où ils auraient davantage de temps. Mais c'était trop long ! Ses mains se crispaient autour du téléphone ; elle avait la mâchoire serrée. Ses lèvres étaient pincées et elle clignait des yeux plus souvent que d'habitude cherchant une solution qui ne venait pas. Elle était déchirée entre l'envie d'agir et l'incertitude sinon l'angoisse de la découverte qui la retenait.

Dans ce tumulte, elle repensa à Monsieur Saucclade. Après tout, c'était le petit carnet de sa femme disparue depuis quatorze ans qu'elle avait retrouvé. N'était-il pas en droit de savoir qu'il existait et d'en connaître le contenu ? La gendarmerie n'avait rien retenu contre lui et elle s'était immédiatement sentie en confiance avec lui et rares sont les personnes à qui elle accorde sa confiance. Son instinct ne l'avait jamais trahie. N'en pouvant plus de ronger son frein, elle partit en direction de sa maison ; elle devait lui parler du carnet, de l'armoire et du passage mais elle devait le faire à l'insu de Madame Reno pour laquelle la suspicion était encore présente.

Sa camionnette n'était pas là. Il devait très certainement être parti travailler. Le panneau affiché sur la devanture de son entreprise indiquait un numéro de téléphone. Elle le composa fébrilement. Tombant sur sa messagerie, elle laissa un message lui demandant de la rappeler sinon de passer chez elle car elle désirait vérifier avec lui des informations apprises sur sa femme. Elle souhaitait son passage rapide car la fin de l'été approchait et son départ avec. Elle ne voulait surtout pas qu'une autre personne puisse prendre connaissance du motif réel de son appel et elle était pressée de pénétrer dans le passage découvert.

Le reste de l'après-midi fut pénible, interminable, étiré comme un fil trop tendu. Madame Adel resta assise dans son salon à l'abri des rayons du soleil que le rideau filtrait dessinant des formes floues sur les murs. Mais rien ne retenait vraiment son attention. Le silence dans la pièce semblait presque palpable, ponctué seulement par les miaulements de son chat qui espérait quelques câlins de sa maîtresse désœuvrée. Ils finirent par devenir un bruit de fond étouffant, un écho d'une attente sans fin.

Elle faisait défiler distraitement les pages de son téléphone, les yeux passant sur les mêmes applications encore et encore, sans rien trouver de nouveau. Aucun message, aucune notification. Elle consultait l'écran toutes les cinq minutes, espérant que le téléphone vibre, que le nom de Saucclade s'affiche. Mais rien. Par moments, ses pensées s'égarèrent, et elle s'imaginait retrouver l'enseignante de la photo de classe, qui donnait un cours à des élèves au bout du passage secret. Parfois, elle se levait et elle faisait le tour de la pièce pour tuer le temps, pour se délasser les jambes et finir par s'asseoir de nouveau, aussi inoccupée et désœuvrée qu'au départ. Chaque geste paraissait inutile, chaque minute semblait une éternité. Elle regardait son chat sans vraiment le voir et le découragement la gagnait. L'après-midi lui glissait entre les doigts, perdue dans une attente vide car rien ne pouvait bouger jusqu'à l'instant qu'elle attendait arrive enfin : Monsieur Saucclade se gara devant chez elle.

Elle s'était imaginée plusieurs scénarios afin de lui raconter ses découvertes qu'elle avait tues jusqu'à présent. Mais elle choisit d'être directe car l'attente avait été trop longue. Elle lui raconta tout d'un bloc, la découverte du carnet, l'histoire d'une trappe et d'un chemin secrets, la légende, l'armoire et le passage découvert. Elle lui tendit le carnet qui était arrêté à la date du 8 septembre 2009. Il n'avait pas dit un seul mot. A la fin du long monologue de Madame Adel et à la vue du carnet, il tressaillit et dut s'asseoir. Alors qu'elle allait lui chercher un verre d'eau, il caressait le carnet et lui confirma que c'était bien l'écriture de sa femme. Elle prit place sur la chaise près de lui et elle attendit qu'il lui parle. Il feuilletait le carnet sans prononcer un seul mot. Il sembla à Madame Adel que ses yeux s'humidifièrent peu de temps avant la fin. Et il se mit à parler.

Il n'avait pas du tout connaissance de l'existence de ce carnet. Plusieurs passages lui rappelèrent des conversations qu'il avait eues avec sa femme. Il se souvenait qu'elle avait eu des moments difficiles mais il ne pensait pas que c'était à ce point... il travaillait beaucoup et il rentrait tard. Jeune entrepreneur, il avait les soucis de son entreprise à gérer. Les prénoms de Noémie et Mathis lui rappelaient bien quelque chose, mais il ne savait plus quoi exactement. Peut-être des amis de son fils ?

Il paraissait avoir vieilli d'un seul coup. Lorsque Madame Adel lui demanda de l'accompagner jusqu'à l'armoire, il accepta mais proposa d'y aller seulement le lendemain car il se faisait tard. Il avait aussi besoin de se remettre de la nouvelle. Elle lui fit promettre de ne rien dire à personne ni même à sa compagne, Madame Reno. Il ne semblait pas comprendre pourquoi mais obtempéra. Une seconde nuit d'attente sans sommeil se profilait pour Madame Adel. Ils se donnèrent rendez-vous le lendemain, à l'école, pour huit heures.

La nuit fut aussi difficile que Madame Adel l'avait supposé. A 7h45, elle entrait dans la cour de l'école et peu de temps après arriva Monsieur Saucclade. Il avait pris des lampes torches et des cordes. Ils arrivèrent devant l'armoire que Madame Adel avait refermée. Elle actionna les crochets et le fond s'ouvrit. D'un signe de tête, ils se donnèrent le départ et Monsieur Saucclade s'engouffra le premier suivi de près par Madame Adel.

Tandis qu'elle s'enfonçait dans ce mystérieux passage, elle sentait son cœur battre, mi-inquiète, mi-enthousiaste, comme si elle avait de nouveau huit ans. Le passage était très long et lorsqu'il bifurqua, des marches durent être descendues. Elles débouchèrent sur une pièce où dans le fond étaient entassés des lampes à pétrole, des outils tels que des pinces, des tenailles ou des étaux, des matraques, des pointes métalliques sur l'assise de chaises, des électrodes rouillées, des sacs en toile troués, des cordes, des seaux… Madame Adel et Monsieur Saucclade comprirent immédiatement qu'ils avaient devant eux du matériel de supplice et la salle où ils se trouvaient devaient être une ancienne salle de torture. Ils poursuivirent leur chemin. Ils découvrirent des geôles, d'autres salles de torture, des salles avec du mobilier comme des tables et des chaises. Le tunnel était très long. Ils durent monter et descendre des dizaines et des dizaines de marches.

Monsieur Saucclade estima qu'ils avaient dû marcher au moins trois kilomètres jusqu'au moment où ils arrivèrent à une dernière salle tout au bout du tunnel. Le tunnel s'arrêtait en haut d'un dernier escalier à monter, clos par des piliers de ciment coulé et du treillis de maçonnerie. Monsieur Saucclade regarda son téléphone qui s'était mis à sonner par l'arrivée de nombreuses notifications. Remontant presque à la surface, il avait maintenant du réseau et elles se bousculaient toutes. Il regarda l'application de géolocalisation pour essayer de se situer.

Il n'en crut pas ses yeux : l'application lui indiquait qu'il était chez lui, à l'endroit où il vivait avec Madame Reno. C'est alors qu'il reconnut les piliers, la dalle au plafond. Il avait réalisé ces travaux lors d'un agrandissement de la maison de sa compagne, en 2009. Alors qu'il creusait des fondations, il s'était aperçu que, par endroits, le sol se dérobait. Devant implanter une cheminée qui pesait lourd, il n'avait pas eu d'autre choix que d'armer les murs de fondation qui allaient la soutenir. Il avait eu une âpre discussion avec Madame Reno, ce soir-là. La cheminée n'était pas initialement prévue à cet endroit et dès les fondations, il lui indiquait déjà que les travaux seraient plus chers. En plus, il fallait revoir les plans. Leur discussion s'était terminée tard dans la nuit mais avait pu déboucher sur un compromis concernant le prix. Il se souvenait que c'était la nuit où, lorsqu'il était rentré, ses enfants lui avaient signalé que leur mère n'était pas encore rentrée… sa femme disparue depuis quatorze ans.

Ils rebroussèrent chemin, et se mirent à inspecter les diverses salles qu'ils rencontraient. Le sol était glissant, parsemé de flaques d'eau éclaboussant légèrement à chacun de leur pas. En touchant les murs pour ne pas être déséquilibrés dans l'obscurité, ils sentirent la texture visqueuse de l'humidité accumulée, une sensation désagréable, presque froide. L'odeur de moisi et de terre humide imprégnait chaque inspiration. Des fragments de verre cassé ou des objets métalliques rouillés brillaient à la lumière de leur torche et de leur portable. Ils jonchaient le sol de certaines salles. Ils essayèrent de rester vigilants pour ne pas trébucher mais ils forcèrent le pas car l'atmosphère devenait pesante, à la découverte des objets. Dans cet espace confiné, le silence était total, perturbé uniquement par les gouttes d'eau qui tombaient en un rythme régulier. En entrant dans une salle, ils virent que celle-ci était plutôt rangée. Des seaux avaient même été déposés à certains endroits pour recueillir l'eau. Même s'ils débordaient, cette impression de salle habitée demeurait. Ils découvrirent des petites étagères au bois brut enflé par endroit par l'humidité ambiante sur lesquelles reposaient des livres usés, certains ouverts comme si quelqu'un les avait abandonnés en pleine lecture. Sur la commode voisine, se trouvaient des jouets récents aux côtés d'autres plus anciens ainsi que des jeux de société, des feuilles où des scores en face de noms de joueurs étaient inscrits… Rémi, Noémie, Julie, Anthony, Mathis, Quentin, … des noms plutôt actuels. Près de la commode, il y avait une grande malle ouverte où s'entassaient des dizaines de dessins ; ceux coloriés aux feutres avaient quelque peu déteints à la différence de ceux coloriés aux crayons de couleurs ou à la craie grasse. Madame Adel reconnaissait des dessins du village : le parc, l'église, la grande maison aux volets bleus… Des dessins plus anciens, réalisés au crayon de graphite, représentaient aussi le village mais avec davantage de commerces : un café bar-tabac, une boulangerie, une boucherie, un cordonnier. Certains étaient même datés : 1953 pour le plus ancien. En refermant la malle, elle put lire sur le couvercle « Aux rêveurs de Genette, Confrérie Ero ». Elle comprit qu'ils avaient devant eux des souvenirs d'enfants qui avaient peuplé l'école au fil des décennies. Dans cet endroit, il y avait scellé tous leurs rires et leurs espoirs, un trésor caché pour les générations futures. Avaient-ils seulement su qu'ils jouaient dans des lieux qui avaient dû être des locaux de torture ?

Au centre de la pièce, une grande table en bois était couverte de notes griffonnées à la hâte, des cartes anciennes, des manuels scolaires oubliés. Un encrier renversé laissait une tache noire sur le bois, comme si quelqu'un s'était levé précipitamment. A côté, un verre ébréché contenait les restes de ce qui avait dû être un sirop. En avançant un peu plus au fond de la pièce, au bout de la table, seul comme abandonné se trouvait un cahier d'écolier grand ouvert. En l'éclairant un peu mieux, elle put lire :

« *14 octobre enfin je crois. Cela fait une éternité que je suis enfermée dans ce souterrain. Mes forces m'abandonnent, j'ai tellement faim. J'aurai attendu le retour des enfants qui semblaient venir jouer ici, en vain. Je pense à vous mes enfants, Anna et Théo et à toi mon cher mari, Olivier.*

Si vous prenez connaissance de ce message, c'est que le passage secret dont ce cahier fait mention aura été découvert. Je vous aime.

A ceux qui découvriront ce cahier :

Je m'appelle Clarisse Saucclade. J'habite Genette et j'y suis enseignante. J'ai voulu partir à la recherche de l'endroit merveilleux dont il était fait mention dans « ce cahier des mystères de l'école de Genette » et je me suis retrouvée emprisonnée, le 8 septembre 2009. J'ai entendu comme un bruit d'éboulement et un claquement, alors que je venais d'entrer par le fond de l'armoire, des toilettes des garçons, de l'école. Lorsque je me suis retournée pour tenter de savoir ce qu'il se passait, j'ai vu que des pierres s'étaient amoncelées devant la porte. Je me suis précipitée pour la dégager mais je n'y suis pas parvenue malgré tout le temps que j'y ai passé. J'ai alors remonté tout le tunnel mais l'autre extrémité était également obstruée. J'ai visité les pièces une à une et j'ai même tenté de creuser dans un mur qui semblait s'effriter sans parvenir à trouver une issue.

Comme vous pourrez le lire dans les pages précédentes, tant que mon téléphone a pu me fournir de la lumière, je me suis occupée en lisant les livres de l'étagère, en regardant les dessins, en jouant avec les jeux. J'ai bu l'eau que je récupérais des murs : j'attendais que les enfants qui venaient jouer ici reviennent et me délivrent… Aux noms, je devine qu'ils…»

Monsieur Saucclade venait d'appeler Madame Adel. Dans un coin, sa lampe éclairait un lit de fortune. Sur ce lit était installée une couverture dépliée montrant des signes d'usure. Un manteau dépassait de la couverture dont toute une manche. A l'intérieur de cette manche sortaient les ossements d'une main dont l'index dirigé vers le bas semblait désigner une bague au sol. Madame Adel se baissa pour ramasser la bague. Elle avait compris. Et à la vue de la bague, une alliance, il avait compris lui aussi : ils venaient de retrouver son épouse, Clarisse Saucclade.

EPILOGUE

Ce fut une chance que l'école n'ait plus à accueillir d'élèves. Les ossements furent sortis de ce tunnel. C'étaient bien ceux de Clarisse Saucclade. Des enquêteurs menèrent des investigations pendant plusieurs semaines pour tenter de découvrir pourquoi Madame Saucclade avait péri enfermée dans ce passage. Etait-ce réellement un malheureux concours de circonstances ou pas ?

Des langues se délièrent. Les plus anciens expliquèrent que ce tunnel avait été créé durant la seconde guerre mondiale. Les maquisards de Genette et des environs s'y réunissaient et s'y cachaient. Aux heures peu glorieuses de la guerre, des prisonniers y étaient amenés, enfermés, interrogés, torturés et finalement tués. Personne n'était fier de ce passé et le gardait secret.

Personne non plus ne savait qu'il était utilisé par des enfants. Certains de ses enfants devenus adultes maintenant vinrent spontanément se présenter aux enquêteurs dès qu'ils connurent l'histoire. Ils connaissaient les deux entrées et les utilisaient toutes deux jusqu'au jour où celle qui débouchait chez Madame Reno fut bloquée par les travaux d'agrandissement réalisés dans son jardin par Monsieur Saucclade. L'entrée par l'armoire était peu utilisée sinon pour sortir du passage secret et aller chercher de l'eau ou du matériel tels que des feuilles ou des crayons dans l'école, lorsque celle-ci était déserte. Tout était ensuite mis en commun auprès des enfants qui fréquentaient le tunnel.

Noémie et Mathis vinrent aussi et révélèrent que le 8 septembre 2009, en fin d'après-midi, ils avaient traîné sur le chantier. Mathis avait vu que des clés avaient été laissées sur la portière de la petite grue. Il s'en était emparé et sur le jeu, il avait trouvé la clé qui démarrait la grue. Alors, quoique hésitant au début mais mû par le désir de briller devant Noémie, il avait démarré la grue et il avait commencé à manipuler tous les leviers. Soudainement, la pelle s'était mise en mouvement, se levant lentement. Il avait essayé de l'arrêter, mais un coup un peu maladroit dans un levier avait envoyé la pelle heurter le mur d'un conduit de cheminée monté en extérieur. Un bruit sourd avait retenti, le mur s'était fissuré avant qu'une partie ne s'effondre dans un fracas de briques et de poussière. Avec Noémie, ils avaient pris la poudre d'escampette et ils avaient tu leur bêtise jusqu'à aujourd'hui. Après le passage de l'assurance, les travaux avaient enfin pu reprendre aux vacances de la Toussaint. Ils avaient été étonnés que le passage n'ait pas été découvert à l'époque, mais ils n'avaient rien dit, de crainte que des soupçons ne viennent à peser sur eux.

Les enquêteurs trouvèrent rapidement le nom de l'entreprise qui avait réalisé les travaux de création des toilettes : c'était celle du maire actuel qui était premier adjoint, en 2009. Ils n'eurent aucun mal à lui faire avouer que le passage avait été découvert par un de ses ouvriers alors qu'il prenait son travail le matin. Il l'avait signalé au maire de l'époque qui l'avait sommé de ne rien dire, « pour le bien de la commune ». Il ne voulait pas que l'école soit classée au titre de la législation sur les monuments historiques et que les travaux ayant déjà pris de sérieux retards soient interrompus. Il avait un électorat à préserver et les parents d'élèves étaient un important électorat. Les représentants de parents d'élèves l'avaient aussi interpelé sur la dangerosité des travaux pour leurs enfants. Le maire ne pouvait ignorer ces plaintes venant de la liste adverse qui plus est ! Aussi avaient-ils tout deux décidé d'ignorer cette découverte qui allait encore tout retarder. Des barrières de sécurité avaient été posées autour de brise-vues dans l'attente des travaux définitifs qui intervinrent un mois et demi après. Clarisse Saucclade s'était donc retrouvée emmurée suite à deux malheureux concours de circonstances : le même jour, des travaux obstruaient une entrée et un éboulement, l'autre.

Madame Adel monta un dernier carton dans sa voiture et alla remettre les clés de l'école à la mairie. L'école était définitivement fermée. Seuls des archéologues et historiens resteraient maintenant sur le site. Une partie des souvenirs et des mystères qu'elle renfermait avaient été révélés au public.

Dans deux jours, c'était la pré-rentrée. Du fait de la fermeture de l'école de Genette, elle avait perdu son poste et elle n'avait pas obtenu une des affectations qu'elle avait demandée. Aussi avait-elle été nommée remplaçante. Elle pensa que c'était peut-être un mal pour un bien, la possibilité de découvrir d'autres choses et pourquoi pas, résoudre un autre mystère. L'avenir le lui dirait !